C

Ve

1606

EPITRE

A LA

NATION FRANÇAISE

Sur l'établissement des Invalides par LOUIS
LE GRAND, de l'Ecole Militaire par
LOUIS LE BIEN-AIME', & fur l'Edit
portant création d'une Nobleffe Militaire,
donné à Fontainebleau en Novembre 1750.

AVEC

DES RÉFLEXIONS D'UN PHILOSOPHE

DANS SON CABINET,

Lues le 25 Août 1768, dans l'Affemblée publique de l'Académie d'Amiens.

Par M. VALLIER, Colonel d'Infanterie , des Académies
d'Amiens & de Nanci.

Pieridum fi forte lepos. . . . .
Deficit , eloquio viƙi , re vincimus ipsâ.

Anti-Lucr.

A PARIS,

Chez LACOMBE, Libraire, Quai de Conti.

M. DCC. LXVIII.

AVEC PERMISSION.

EPITRE

A LA
NATION FRANÇAISE

Sur l'établissement des Invalides par L O U I S
L E G R A N D, de l'Ecole Militaire par
L O U I S L E B I E N - A I M E', & sur l'Edit
portant création d'une Noblesse Militaire,
donné à Fontainebleau en Novembre 1750.

. . . . *Ut sit post fata superstes*
Virtus.

 UPERBE Monument (1) d'un des grands Rois du
monde,
Murs, qui m'en rappellez la sagesse profonde,
Le soin qu'il prit toujours des Arts & des Talens,
Vous me rappellerez ses exploits éclatans.

---

(1) L'Hôtel des Invalides en 1671. Le célèbre Auteur de l'Esprit des
Loix dit dans un de ses Ouvrages, que s'il étoit Prince, il aimeroit
mieux avoir fait cet Établissement que d'avoir gagné trois batailles.

Mais avant tout , le front baiffé fur la pouffière ,
Préfentons notre hommage au Dieu de la lumière ,
Certains qu'il n'a fur nous que de juftes projets ,
Profternés dans fon Temple , adorons fes decrets.
Écoute , écoute-moi , Dieu bon , Dieu formidable ,
Dieu clément , Dieu vengeur , feul Étre impénétrable ;
Toi , qui d'un rien fis tout , grand Dieu , tu fis les Rois.
Pour nous donner l'exemple en nous donnant des Loix :
Veille fur eux , leur gloire affure ici la nôtre ;
T'adorer , les fervir , nous n'en voulons point d'autre.
A leurs jours précieux daigne encor ajouter,
Notre plus grand malheur eft de les regréter.

Français , fixez vos yeux fur ce noble Édifice (2)
Où des Français encor offrent en facrifice
Des jours qu'ils ont pour vous paffés dans les travaux
Pour éloigner de vous la Guerre & fes fléaux ;
Ce Temple qu'annoblit , qu'enrichit la peinture (3) ,
Lieu faint , de ces Héros tranquille fépulture ,
Doit graver dans vos cœurs , avec des traits de feu ,
La bonté du Monarque & la grandeur du Dieu.
L'Artifte (4) y fçut placer décence , ordre & nobleffe ;
Le fimple en eft le beau , fon Art avec adreffe
En fait à chaque pas découvrir les progrès ;
Et d'un jour lumineux ménageant les réflets ,
Difpofant à fon gré des rayons de lumière ,
Laiffe ignorer d'où part le vrai point qui l'éclaire ;
Et le contour du Dôme , artiftement voûté ,
Couvre le Sanctuaire , en fait la majefté.

_____

(2) L'Églife des Invalides.
(3) Le Dôme des Invalides eft peint par Lafoffe ; les Apôtres font
de Jouvenet.
(4) Manfart , célèbre Architecte.

Mais c'eſt trop m'arrêter à ſa ſeule ſtruĉture ;
Qu'un plus touchant ſpeĉtacle ici pour la nature ,
Heureuſe Nation , attache vos regards :
Contemplez ces Soldats échapés aux hazards ,
Leurs bleſſures , leurs fronts couverts de cicatrices ,
De leurs nobles travaux ſont encor les indices :
Ce ſont les défenſeurs de vos jours & des miens ;
La Patrie & l'honneur ont été leurs liens :
Compagnons de L O U I S au milieu des batailles ,
Sous ſes ordres leurs bras renverſoient des murailles.
Le Rhin , dont juſqu'alors l'indocile fierté ,
Du Belge & du Français faiſoit la ſûreté ,
Ce Fleuve impétueux (barrière formidable)
N'en rend point à L O U I S l'abord impraticable ;
Il le paſſe (5) à la nage avec ſes fiers Guerriers ,
Et moiſſonne avec eux d'innombrables (6) lauriers.
Chacun d'eux à l'État conſacra ſa jeuneſſe ,
Il en falloit au moins adoucir la vieilleſſe ,
Aſſurer aux Bleſſés la vie & des ſecours ,
Et que l'État prît ſoin des reſtes de leurs jours.
L O U I S L E G R A N D voulut en avoir ſeul la gloire :
L'humanité triomphe aux Champs de la Viĉtoire ;

---

(5) Le paſſage du Rhin en 1672. Cet événement , quoique poſté-
rieur d'une année à l'établiſſement des Invalides , fait tant d'honneur à
la Nation , & à Louis XIV qui commandoit alors ſon Armée en per-
ſonne , que l'on a cru pouvoir en rapprocher l'époque , & la placer
au temps où dans le fort du carnage & de ſes exploits , on ſuppoſe que
ce Héros formoit le projet d'un Établiſſement pour les Soldats qu'il
prévoyoit ſe mettre hors d'état de ſervir par les prodiges de valeur
dont il étoit le témoin.
(6) Voyez le Préſident Hénault.

Dans des momens de fang, de carnage & d'horreur,
Il en forma le plan, ouvrage de fon cœur.
Dans l'inftant où l'on voit l'inftant de ceffer d'être,
Français, oui, vos feuls jours occupoient votre Maître ;
Ce fut fans doute alors qu'il fentit, ce Héros,
Que la gloire elle-même a befoin de repos.
Tout le fang qu'elle coûte en ce moment lui crie,
Que le fang qu'elle épargne eft cher à la Patrie,
Et doit couler en paix dans des afyles fûrs ;
C'eft pour l'y recueillir qu'il éleva ces murs.
Là de ces vieux Guerriers il a fixé l'afyle ;
La Gloire leur rappelle en ce féjour tranquile,
Que leur mâle courage affura le bonheur
De l'Empire Français, & de leur Bienfaiteur.
De leurs travaux paffés que d'images touchantes !
Tels étoient ces Héros, dont les ombres errantes,
Aux Champs Élifiens rappelloient leurs lauriers
Par des chants (7) belliqueux, feul repos des Guerriers,
Dans combien de momens L O U I S, fenfible & tendre,
Ne regréta-t-il pas le fang qu'il fit répandre !
Jaloux de fes fuccès, l'Empire eft irrité,
Et fur les Mers l'Anglais craint fa rivalité.
Sous le prétexte vain d'une jufte balance,
On cherche à prévenir l'excès de fa puiffance.

---

(7) Homère, plufieurs autres Poëtes de l'antiquité, & après eux M. de Fénelon, dans Télémaque, nous ont peint les Héros s'occupant dans les Champs Élifées à célébrer leurs exploits fur une lyre d'or. Les Héros de l'antiquité n'ont, fans doute, pas fait de plus belles actions que ceux-ci, & rien ne peut mieux nous repréfenter les Champs Élifées que cette promenade agréable qu'a fait pratiquer au bout des Invalides M. le Comte d'Argenfon, à la place où on venoit apporter les décombres de Paris, & où ces Guerriers viennent fe promener, & s'entretiennent des vieilles guerres.

L'Europe (8) entière alors menace fes remparts :
Combien contre la France unit-on d'étendarts !
L O U I S feul contre tous (9) faifant tête à l'orage,
Oppofe à leurs efforts la valeur, le courage,
Touché des maux qu'il voit fondre fur fes Sujets,
Sa fierté cède enfin, il demande la Paix,
Son cœur eft affligé d'une Guerre barbare. . . . . .
Mais à fon propre fang (10) on veut qu'il la déclare.
L'audace reparaît fur fon front indigné ;
Ou je triompherai, dit-il, où j'ai régné.
France, tu partageas les tranfports de fon ame,
Le même fentiment, & t'affecte, & t'enflâme,
L'affront devient commun entre l'Efpagne & toi,
Et tu voulus venger, & le Père, & le Roi.
Tes Soldats frémiffant d'une jufte colère,
Vont planter tes Drapeaux fous un autre hémifphère ;
Les Français font par-tout, la haine (11) les conduit,
La mort marche en avant, la victoire les fuit,
La vengeance après eux laiffe d'affreux fpectacles.
Philippe plus heureux franchit tous les obftacles ;
Le Ciel conduit le bras qui devient fon appui,
Le Ciel brife le bras qui s'arme contre lui.
    Que vous êtes heureux, Arbitres de la terre !
Dieu vous a confié l'image du tonnerre,

---

(8) La guerre pour la fucceffion de Philippe V au Trône d'Efpagne,
au commencement du fiècle.
  (9) L'Empire, la Hollande, l'Angleterre, la Savoye, &c.
  (10) Les Puiffances liguées ne vouloient accorder la Paix à la France
qu'à condition que Louis XIV fourniroit des Troupes pour faire la
guerre à Philippe V fon Petit-fils.
  (11) On doit fentir que le mot de *haine* n'eft ici qu'une expreffion de
circonftance, d'un fentiment excité par l'injuftice des Ennemis, mais
qui ne peut avoir aucune forte d'analogie avec le caractère généreux
des Français.

Ce Dieu vous a remis son glaive étincelant,
Le pouvoir d'en frapper, & l'exemple touchant
De n'écouter jamais le cri de la vengeance;
Vous dispensez sous lui les trésors, l'abondance,
L'Éternel a voulu vous rapprocher de lui ;
Par vous, à l'infortune assurer un appui,
Sauver le malheureux, que la misère accable,
Protéger l'innocent, pardonner au coupable.
L O U I S, noble instrument de ses justes decrets,
N'a-t-il pas du Très-Haut rempli tous les projets ?
La foudre dans ses mains ne punit que le crime,
Rafermit sur le Trône un Prince (12) légitime,
Venge l'insulte faite au Pavillon Français,
Et la foudre (13) est éteinte au milieu des succès.
Cette Maison (14) célèbre, à l'humanité chère,
Rend l'époux à l'épouse, & le fils à son père,
Le père à ses enfans, qu'il quitta pour l'État,
Son zèle, à son Pays déja rend un Soldat ;
Déja ce vieux Guerrier a conté ses batailles,
Ses enfans avec lui sont aux pieds des murailles,
Des Châteaux, dont la chûte est le prix de son sang.
Cette attaque, dit-il, m'a fait gagner un rang ;
A celle-ci, j'obtins cette marque (15) honorable,
L O U I S me l'attacha de sa main respectable ;

---

(12) Philippe V Roi d'Espagne.
(13) Il est dit dans des Mémoires secrets qu'on proposa à Louis XIV de lâcher les Écluses, dont il étoit maître, d'inonder la Hollande, & de se venger ainsi de ses Ennemis, ce qu'il refusa absolument.
(14) L'Hôtel des Invalides.
(15) La Croix de S. Louis. Sous Louis XIV on n'en avoit pas encore donné aux Bas-officiers, sous Louis XV on a commencé à en donner aux premiers Sergens du Régiment des Gardes Françaises. . . . . La Poésie permet ces sortes de licences.

Aimez

Aimez bien ce bon Maître, il me rend à vos pleurs ;
Mes fils, n'en verfez plus..... il enflamme leurs cœurs,
Le plus jeune n'attend que quelques ans peut-être,
Pour fervir fa Patrie, & l'État, & fon Maître,
Et leur donner des jours plus longs, plus précieux,
Pour les jours dont fon père encor jouit par eux.

LOUIS LE BIEN-AIMÉ, jaloux de l'avantage
Qu'a fur lui le grand Roi dont il tient l'héritage,
LOUIS, dont le nom feul annonce les bienfaits,
La tendreffe & l'amour qu'ont pour lui fes Sujets,
Aux fils de ces Héros, enfans de la Victoire,
Vient ouvrir le chemin qui conduit à la gloire ;
Il embraffe un projet qui le rend immortel :
Sous fes yeux aujourd'hui s'élève un autre Hôtel (16),
C'eft de-là qu'ils verront, ces jeunes Militaires,
Le foin que prend l'État de leurs vertueux Pères.
Vous, Pères (17) affaiblis par d'anciens travaux,
Voyez avec plaifir s'élever ces Héros.
Tel un jeune arbriffeau, dans fa sève première,
Croît à l'ombre du Cèdre, & fous fa tête altière,
Impunément livrée à la fureur des vents,
Trouve la fureté de fes rameaux naiffans :

_____

(16) On a cru pouvoir déroger en quelque manière à la délicateffe de la Poéfie, en fe fervant d'un mot profaïque en lui-même, mais confacré à la dénomination d'un des plus glorieux Monumens du Règne de Louis XIV.

(17) Sous le Miniftère de M. le Comte d'Argenfon il y avoit aux Invalides, Capitaines, Lieutenans-Colonels, Colonels, & jufqu'à des Brigadiers, fervis à des tables particulières, & qu'on fuppofe par con-féquent avoir pu mettre leurs enfans à l'École Militaire.

B

A son exemple enfin il brave auffi l'orage ;
Le Cèdre avec plaifir lui prête fon ombrage ;
Déja dans l'avenir il le voit comme lui
A d'autres arbriffeaux fervir un jour d'appui ;
C'eft l'aigle audacieux qui, planant fur la nue,
Y fixoit le Soleil fans détourner la vue ;
Ses regards affaiblis par cet aftre divin,
A fes aiglons encore en montrent le chemin.
Aux plantes que je vois croître ici d'âge en âge,
Vous, Cèdres du Liban, vous fervirez d'ombrage ;
A ces jeunes aiglons, aigles audacieux,
Vous montrerez la route, & les fuivrez des yeux.
Le foin qu'en prend L O U I S, fruit de fa bienfaifance,
Eft encor le tribut de fa reconnoiffance ;
Son ayeul a payé le fang de vos ayeux,
Il en a recueilli les reftes précieux.
Père de fes Sujets, de fes Sujets qu'il aime,
Son fucceffeur ne veut fe fier qu'à lui-même,
Pour veiller fur des jours qui défendront les fiens,
En comprer à l'État, ils feront fes foutiens.
Voyez-les chaque jour, vertueux & dociles,
S'endurcir aux travaux fous des maîtres habiles,
Le courage n'eft rien fans l'art de s'en fervir,
Ils apprendront fous eux le grand art d'obéir.
Des bontés de nos Rois, Monumens (18) refpectables,

---

(18) L'Hôtel des Invalides.
L'École Militaire. Monfieur de Croifmarc, Lieutenant Général ;
Grand'Croix de l'Ordre Royal & Militaire de Saint Louis, Gouverneur
de l'École Militaire. Sa nomination à cette Place eft, fans autre éloge,
celui de fon mérite.
Monfieur Paris du Vernay, Confeiller d'État, Intendant de l'École
Royale Militaire, fe plaît à en adminiftrer les revenus, comme il s'eft

De la valeur françaife, afyles honorables,
L'un prolonge des jours que l'on refpecte encor,
Et l'autre pour l'État eft un nouveau tréfor;
C'eft là qu'il fe prépare une heureufe reffource
De la gloire françaife, illuftre & digne fource;
C'eft vous qui fournirez d'invincibles Guerriers;
Le fang de vos ayeux arrofa leurs lauriers;
Cueillez-en de nouveaux, enfans, au prix du vôtre.
Leur guide fut l'honneur, n'en ayez jamais d'autre,
C'eft le prix du devoir, c'eft le prix du vainqueur,
C'eft le vrai prix du fang, que répand la valeur......
Qu'entens-je! à vos travaux on joint de nouveaux charmes (19),
» Nobleffe, a dit LOUIS, fois la fille des armes;
» Si dans fa fource, un fang qui fut peut-être obfcur,
» S'annoblit par le temps, l'autre titre eft plus fûr.....
Antiques parchemins, vous n'êtes que chimères,
Cédez à la Nobleffe acquife par les Pères
Dont le fang répandu fait des titres plus beaux,
Sans tache confervés par de nobles travaux.
Huit fiècles bien prouvés d'une oifive nobleffe,

plu à en indiquer les reffources que lui a fait imaginer la grandeur de
fon génie, en matière de finances, conduit par l'efprit de patriotifme,
& le zèle du Citoyen qui a toujours enfanté & dirigé fes opérations.
(19) L'Édit portant création d'une Nobleffe Militaire, donné à
Fontainebleau au mois de Novembre 1750. C'eft encore fous le Miniftère de M. le Comte d'Argenfon qu'a été donné cet Édit. Ce Miniftre, dont le Militaire a dans toutes les occafions éprouvé l'attention
à récompenfer un état d'où dépend principalement la gloire de fon
Maître, dont il fut lui-même fi jaloux, voulut rémédier par cet Édit
au défagrément qu'auroit eu un Lieutenant Général non noble, *d'avouer
un défaut de naiffance fouvent ignoré*, (comme il eft dit dans le préam-
bule de l'Édit.) Cette Déclaration, en faifant voir les bontés du Maître
que nous fervons, rend chère à jamais à tout le Militaire l'attention du
Miniftre à les feconder, & garantit l'utilité & la grandeur des vues
qu'il avoit.

B ij

Paſſés dans les plaiſirs, perdus dans la moleſſe ;
Sont-ils plus que cent ans d'un Guerrier qui me dit :
« Je deſcends d'un Bourgeois que l'épée annoblit ? »
De quel prix à nos yeux ne doivent donc pas être
Ces noms chers aux Français, ces noms chers à leur Maître,
Ces hommes, dont l'épée a, de nos premiers Rois,
Affermi la Couronne & défendu les droits ?
Ces noms fameux, ces noms conſacrés par l'Hiſtoire,
Viennent en foule ici s'offrir à ma mémoire.
Turenne, Châtillon, d'Eſtaing, Montmorency,
De Neſle, Luſignan, Melun, & vous, Coucy,
Sortez de vos tombeaux ; rendus à la lumière,
Voyez vos Deſcendans illuſtrer la carrière
Où la gloire avant eux vous couronna cent fois.
Le Ciel devoit encor ce prix à vos exploits ;
Vous, fils de ces Héros, fiers de cet avantage,
Vous qui faites revivre aujourd'hui leur courage,
Souffrez, jeunes Guerriers, que nos Guerriers nouveaux
Partagent avec vous l'honneur de vos travaux.

Du plus aimé des Rois c'eſt aujourd'hui la Fête,
La Valeur annoblie eſt ſon bienfait nouveau,
La Valeur annoblie, encor dans le berceau,
Jure à ſon Maître ici, qu'à vaincre toujours prête,
Elle le ſervira juſques dans le tombeau.

RÉFLEXIONS
D'UN PHILOSOPHE
DANS SON CABINET.

Sous mille formes différentes,
Le plaisir a toujours habité ma maison ;
Les ris, les jeux sont de toute saison :
Sous de rians habits, sous des formes galantes,
Le plaisir plaît toujours ; c'est un caméléon,
Son asyle souvent change de nom ; son Temple
Devient pour moi celui de l'amitié ;
A mes amis, de cœur intimement lié,
Le mien leur en montre l'exemple,
J'y goûte la douceur de ce sentiment pur.
L'autre eut souvent de moi de volages tendresses ;
A l'amitié fai-je ici des promesses ?
Le ferment en est toujours sûr ;
C'est un ami qui répand dans mon ame,
Et ses plaisirs, & ses chagrins.

C'eft à fon tour cet ami qui s'enflâme
Au feul récit que je lui fais des miens.
  Nos cœurs deviennent plus paifibles,
Nos plaifirs font plus vifs, nos peines moins fenfibles,
Et ces aveux encor refferrent nos liens.
  Tendre amitié, doux fentiment de l'ame,
Toi, l'honneur des humains éclairés par ta flâme ;
  Toi, qu'on réclame tant de fois,
Et de qui fi fouvent on viole les droits,
  Parle à mon cœur, il entend ton langage,
Toi feule encor peux faire mon bonheur :
  On a des amis à tout âge,
  Et le plus vieil eft toujours le meilleur ;
  Celui qui plus nous intéreffe,
Et qui plus tendrement de nous eft occupé.
Il nous faut en amour une jeune Maîtreffe. . . . .
On la trompe, on en eft auffi fouvent trompé.
  Dans ces combats de rufes, de fineffes,
  En admettant parfaite égalité,
Près du fexe enchanteur qui caufe nos foibleffes,
Je ne fuis point fufpe& de partialité.
Beau fexe, vous auriez fur nous trop d'avantages
  Si vous étiez moins inconftant que nous.
Il eft bien vrai qu'alors vous auriez moins d'hommages,
Et le plaifir de moins de faire des jaloux. . . . .
  Car il eft loin de ma penfée
  Que c'eft pour faire plus d'heureux.
Non, du feul qui vous plut, qui l'a lu dans vos yeux,
  La tendreffe récompenfée
Peut bien voir quelquefois éguillonner fes feux :
Un rival en amour eft toujours dangereux ;
Mais la paix rétablie, & la crainte effacée,

Le bien qu'on a cru perdre en eſt plus précieux.
Nous en uſons ainſi pour ranimer la flâme
Qui nous paraît s'éteindre , & ne fait que languir.
 Ah ! l'amitié n'admet point dans une ame
Tous ces petits reſſorts que l'amour fait agir. . . . .
   Elle eſt toujours ſans jalouſie ,
   Et quoiqu'abſente elle jouit ;
  Mais ſéparé de la jeune Uranie ,
Philémon change , il craint , ou du moins il languit.
O , ma Divinité , Déeſſe bienfaiſante !
Toi , que ſervit ſi bien , & Pollux , & Caſtor ,
Que tes liens ſont doux . . . . que ta force eſt touchante !
Amour . . . . j'en conviendrai , ton yvreſſe eſt charmante ,
. . . . Tu n'es qu'un bien frivole & l'autre eſt un tréſor ;
Amour , je te connois , & tu me plais encor ,
Une beauté paroît , ma maiſon eſt Cithère ,
Je vois tous les plaiſirs embellir mon réduit ;
Tout cherche à l'amuſer , tout s'empreſſe à lui plaire ;
Elle part . . . . & l'Amour avec elle s'enfuit.
  Je prends Ovide , il me rappelle
  Les biens que je viens de goûter ;
Si je crains de me rendre à la voix qui m'appelle ,
  (1) Horace alors m'apprend à redouter
  Le changement d'une infidelle.
Je deviens Philoſophe , & rien ne m'aſſervit ;
  Les nouveautés délaſſent mon eſprit ;
   Je compoſe , j'écris , j'efface.
Un fat diroit alors , c'eſt ici le Parnaſſe.

---

(1) L'Ode cinquième. . . . . Quis multa Gracilis te puer in roſa. . . . . . .

Où le Dieu des neuf Sœurs avec moi s'entretient ;
　　Je ne le crois que quand GRESSET y vient.
　　Sa Lyre tendre, & legère, & facile,
　　　　En attire les Habitans ;
　　　　Elle y rassemble les talens,
　　Et fait enfin de ce séjour tranquile
　　L'heureux séjour des aimables Sçavans.
Gentil BERNARD aussi me retrace l'image,
Et du double vallon, & du sacré bocage,
Quand quelquefois chez moi l'amitié le conduit,
L'art d'aimer qu'il a fait, l'art de plaire qu'il suit,
　　　　Sont des trésors, font un hommage
　　　　Qu'il rend au Dieu qui l'instruisit.
L'Anacréon du siècle y vient encor. . . . il m'aime ;
Avec quelle élégance il rajeunit Titon ;
Destin, tu devrois bien le rajeunir de même ;
Pour lui, pour ses amis, pour l'honneur d'Apollon ;
　　　　Dût-il auprès d'une autre Aurore
　　　　Reprendre aussi ses cheveux blancs,
Dût-il en moins d'un jour y vieillir de vingt ans,
» Rends-les-moi (2), diroit-il, pour les reperdre encore. . .
　　Voilà quels font mes aimables Sçavans ;
　　Je passe ainsi mes derniers ans sans peine,
Je caresse une Muse, & jouis d'un ami,
　　　　Pour l'avenir point de souci,
　　Point de devoir, plus d'ordre qui me gêne,
　　　　Je les ai tous mis en oubli.
Nos premiers ans font dûs à la Patrie,

_____

(2) Vers si connu, & cité si souvent, du rajeunissement de Titon,
Ouvrage de Monsieur de Moncrif, qui, avec tant d'autres, lui a fait une
réputation si bien méritée.

Notre

Notre premier devoir eſt d'être Citoyen ;
Il faut qu'en chaque état chacun s'y ſacrifie,
On lui doit ſes talens, & tout être a le ſien.

   Du ſang qui coule dans ſes veines,
L'un doit compte à l'État, au Roi qui le régit,
Il lui doit des travaux, des fatigues, des peines,
Il ſe doit tout entier au ſerment qu'il en fit.

   Celui-ci doit de la juſtice
  Interprêter ou défendre les loix,
   Et tout homme a ſur lui les droits
   D'en exiger l'impartial office :
Il lui doit tout ſon temps, ſes veilles & ſa voix.

   Par ſon mérite & la faveur du Prince,
Tel Magiſtrat chargé de plus grands intérêts,
   Se doit au bien d'une Province,
Et contente à la fois le Maître & les Sujets. . . . ;
Oui. . . . j'en pourrois citer (3) que je peindrois ſans doute
Charmans dans leurs loiſirs, ſages dans leurs travaux. . . .
Pour aller à la gloire, il eſt plus d'une route,
Et tous les Citoyens qui l'aiment ſont égaux ;

  A défricher la terre, à ſa culture,
  Celui-là doit ſes talens, ſes avis ;
  Il voit ſes ſoins payés avec uſure,
  Il eſt l'enfant de ceux qu'il a nourris.
Miniſtre du Seigneur, qu'un autre ſoit l'exemple
Du culte & des vertus que l'on doit aux Autels.
Mon cœur en ſent le prix, & tout bas nomme un Temple
Où ſiège en ce moment l'honneur (4) de ces mortels.

---

(3) M. Dupleix, Intendant de la Généralité d'Amiens.
(4) M. d'Orléans de la Motte, Évêque d'Amiens.

      C

Chacun ainfi peut être utile
Au Peuple dont il fait le bonheur par le fien.
Chaque partie alors compofe un tout fertile,
Qui fans ce jufte accord cefferoit d'être un bien.
Il faut donc à l'Etat avoir donné fes veilles,
   Son fang, fes foins & fes talens ;
Mais quand on a fuivi l'exemple des abeilles,
  On peut jouir de fes derniers momens. . . .

O vous, à qui l'honneur vient ouvrir la barrière,
Conduifez - vous d'abord en homme citoyen ;
Vous le devez, c'eft là votre premier lien.
Vous verrez, comme moi, qu'au bout de la carrière,
  Ne plus rien faire eft encore un grand bien.

F I N.

A A M I E N S,
De l'Imprimerie de la Veuve G O D A R T.

Permis d'imprimer. A Amiens ce 27 Août 1768. PETYST.